101 HYVÄÄ SYYTÄ OLLA SINKKU

AF191863

Josefiina Falck -
101 Hyvää syytä olla sinkku

Kustantaja: BoD – Books on
Demand, Helsinki, Suomi

Valmistaja: BoD – Books on
Demand, Norderstedt, Saksa

ISBN: 9789528002925

Kuvaus.

Olitpa sitten juuri kokenut sydänsuruja, pohtinut elämäsi eksistentiaalista tilannetta tai vahingossa päätynyt avioliittoon, lue tämä. Lue tämä kevyin mielin, sillä tähän kirjaan ei ole vuodatettu katkeria manauksia tai pelkkiä feministisiä aatteita. Tämä kirja on suunnattu kaikille sukupuolille sekä kohtuullisen laajoille ikäluokille, joten älä ensimmäiseksi tuomitse kirjaa kansien perusteella, vaikka niissä tuomittavaa onkin. Tekstiin on voinut vahingossa päästä pari voimasanaa, pahoittelut siitä. Ja myös kaiken sen kamaluuden ohella kirjasta löytyy syviä filosofisia aatteita, elämänohjeita, voimalauseita ja pari hyvää läppää. Tavoitteena oli luoda ajatuksia niin, että mahdollisimman moni pystyy samaistumaan mahdollisimman moneen pointtiin. Haluan kuitenkin muistuttaa, ettei ketään siviilisäätyyn ja elämäntilanteeseen katsottuna kuulu osoittaa syyttävällä sormella. Parisuhde ei ole kirosana tai muutenkaan paheksuttavaa, tärkeintä on vain tajuta, että vastoin monia normeja ja odotuksia, pärjäät yhtä hyvin itsekseenkin, ellet joskus paremminkin.

Tämän kirjan tekstit ovat suurimmaksi osaksi omia sekoilujani. Huolestuneimmille voin paljastaa, etteivät kaikki tarinat pohjaudu omiin henkilökohtaisiin kokemuksiin. Samaa tahtoisin sanoa myös kaikille niille, joita olen kerennyt deittailla. Lisäksi olen käyttänyt hyväksi muutaman ystäväni kekseliäisyyttä, mikä on kukkinut viininhuuruisissa illoissa. Suuren kumarruksen ansaitsee **Anna Alho**, joka on omin pikku kätösin pukenut kirjan ajatuksia kuviksi.

Liputtaakseni tämän luomuksen sukupuolineutraaliutta, näin parhaakseni heittää tekstin sekaan pari fiktiivistä hahmoa - Jussi ja Jenna, jotka kuvastavat hypoteettisia kumppanipaholaisia.

Tarina.

Kuten monet vastaavanlaiset teokset, tämäkin on saanut alkunsa henkilökohtaisista syistä. Olin toivoton, enkä sitä koskaan aiemmin halunnut paljastaa. Pitkään ajattelin, että tarvitsen parisuhteen, mutta en tajunnut mikä meni mönkään, kun kaikki säädöt miesten kanssa jäivät varsin lyhyeksi. Ehkä en itse ollut tarpeeksi kiinnostunut, ehkä emme oikeasti olleet "the perfect match".

Eräänä päivänä koin jälleen uuden murtumisen, sillä päässäni rakentuneet pilvilinnat täydellisestä suhteesta kaatuivat. Sinne puhkesi taas kupla, jossa söpösti kikattelin komean lihaskimpun kainalossa. Hänen, joka osteli minulle kukkia ja nautimme margaritoja palmun alla. Tajusin, että tämä mielikuva on täyttä paskaa ja olen ollut liian naiivi.

Poltin tupakkaa yksiöni ikkunasta ja kuuntelin melankolista musiikkia, kunnes ystäväni tuli kukkien ja viinipullon kanssa käymään. Halasimme ja ehkä päästimme pari kyyneltä. Pian aloimme nauramaan. Jumalauta, mitä minä oikein olin ajatellut. Kun laskin hieman plussia ja miinuksia, alkoi vaikuttaa siltä, että löysin sinkkuudesta enemmän hyviä puolia kuin parisuhteesta.

1.

Sanotaan, että parisuhteessa toinen osapuoli tekee sinusta kokonaisen. *Hevonpaskat.* Huonossa suhteessa vain menetät puolet itsestäsi. Sinun olisi parempi olla kokonainen yksinäsi ja miettiä vasta sitten muita mahdollisuuksia.

2.

Ei ole tarvetta murehtia toisen takia, jos
tulee riitoja tai muuta sananharkkaa.
Sinkkuna minimoit ihmissuhteisiin
menevät arjen energiakulut ja
vältät näin draamaa.

3.

Älä turhaan mieti voitko vetää kännit
maanantaiaamuna tai lentää
huomenna Mallorcalle. Kukaan ei vie
sinulta pois spontaaniuttasi, joka on
elämisen yllättävin mauste.

4.

Sinä, joka juuri erosit. Muista, että voit
yhä halutessasi pitää Jussin elämässäsi.
Sinun ei sitä tarvitse tehdä, jos et enää
koe hänen olevan arvokasta seuraa.
Poikkeuksena: *seksi*, jatkuva
viestispämmi ja yhdessä *lahnaaminen*.

5.

Täysi vapaus kommunikoida vieraiden sinkkujen kanssa ilman syyllisyyden tunnetta. Ehkä saatkin yllättäen uutta matoa koukkuun tutustuessa ihmisiin.

6.

Ei tarvitse tehdä ruokaa kahdelle ihmiselle. Säästät kaikin puolin aikaa ja rahaa, varsinkin, jos toinen osapuoli söi kuin hevonen.

7.

Kukaan ei ole tuomitsemassa asuntosi siisteyden tasoa, sillä sinkkuna sinulla on todennäköisesti vähemmän vakiovierailijoita. Me kaikki tiedostetaan oma sotkuisuutemme, vaikka osa sen tahtoo kiistää.

8.

Ketään ei kiinnosta, jos jätät joitain alueita sheivaamatta vaikka vähän pidemmäksikin aikaa.

9.

Sinulla ei ole tarve vakuuttaa
kenellekään omaavasi hyviä
elämäntapoja. Jussilla voi kuitenkin
olla toiveita siitä, että liikkuisit
säännöllisesti ja söisit terveellisesti.
Sinkkuna päätät itse omat elämäntavat.

10.

Kukaan ei ole mukana tirkistelemässä kiusallista elämääsi liian läheltä, joten voit pitää kaikki salaisuutesi poissa päivänvalosta.

11.

Vähemmän stressiä viikkorytmistä, sillä sinun ei tarvitse sisällyttää ketään aikatauluihisi. Sano rohkeasti kyllä kaikkiin suunnitelmiin kaveriporukassasi.

12.

Yökyläily ei välttämättä tarkoita sukupuolielimien koskettelua. Voit kutsua kavereitasi jäämään luoksesi niin usein, kuin huvittaa. Tietenkin voit itsekin jäädä seikkailemaan yön yli, kun sinua ei odoteta kotiin.

13.

Kumppanin elämässä mukana olo voi tulla sinulle kalliiksi. Hän saattaa tehdä niitä arvokkaampia ostoksia, joissa sinun täytyy tehdä kompromisseja. Vastuu omasta taloudesta tuntuu hyvältä varsinkin, jos olet aiemmin jakanut pankkitilisi. €€€

14.

Voit ihan yhtä hyvin saada tukea ja viihtyisää seuraa kavereiltasikin. Heillä nimenomaan on jaksamista kuunnella sinua, sillä Jenna voisi yksinään kantaa sitä kuormaa aivan liikaa.

15.

Enemmän aikaa kavereille. Tai perheelle, suvulle, lemmikille ja naapurille.

16.

Sinulla on mahdollisuus löytää
unelmiesi kumppani koska tahansa.
Todennäköisesti Jussi ei sitä ollut, jos
juttu kaatui johonkin muka niin
ylitsepääsemättömään esteeseen.

17.

Jos elämässäsi on tavoite, johon olet
aina halunnut pyrkiä tai jotain, missä
näet kehittämisen varaa, niin tee se
juuri nyt. Joitakin asioita on hyvä
pähkäillä yksin ja oppeja saat kaikilta
tapaamiltasi ihmisiltä.

18.

Mieti niitä huonoja puolia, joita
Jussissa oli: huonot käytöstavat,
tunnekylmyys tai kiire. Näitä piirteitä ei
kaikilla ole ja voit totta tosiaan
ansaita parempaa.

19.

Enemmän motivaatiota tavoitella henkilökohtaisia unelmia. Näin sinulla on paremmat mahdollisuudet menestyä.

20.

Armotonta biletystä tiedossa. Sinkkuna voit todellakin rallatella ja ottaa kaiken ilon irti vapaa-ajastasi iästä riippumatta.

21. -VUOTIAAT.

On äärimmäisen tylsää löytää "se oikea" "elämänkumppani" tässä vaiheessa elämää. Sinulla on varmasti tekemistä ja tutkimista vielä yksikseenkin. Vakiintuminen on vanhemmille ihmisille.

22.

Maailmassa on miljardeja ihmisiä tavattavana, joten yritä tavata mahdollisimman moni heistä. Jokainen ihminen on ovi uusiin mahdollisuuksiin ja jokaisesta oppii paljon.

23.

Keskity opiskeluun tai työhön, sillä joissakin vaiheissa elämää tarvitset kaiken ajan urakehityksellesi. Valitettavasti parisuhde voi useimmin sitä hidastaa.

24.

Enemmän aikaa kaikelle kivalle. Tee ja koe mahdollisimman paljon ilman jarrun painamista.

25.

Voit saada monenlaista.

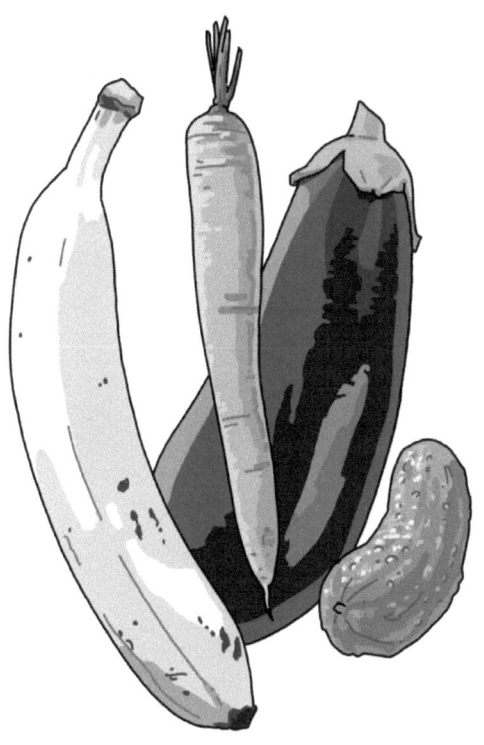

26.

Ei rajoitteita. Tätä saatat tosiaan
arvostaa, mikäli Jussi sääteli elämäsi
osa-alueita turhankin paljon. Ja vaikka
ei säädellytkään, saatoit itse kotiloitua
pois ulkomaailmasta.

27.

Yksin asuessasi sinulla on enemmän tilaa tavaroillesi ilman, että asuntosi tulvii krääsästä.

28.

Ihastuminen on aivan ihana tunne.
Sinkkuna voit kokea ihastumisia milloin
ja missä vain, mikä tekee kaikesta
jännittävämpää.

29.

Parisuhteessa joutuu sitoutumaan jatkuvaan kommunikointiin toisen kanssa. Sinkkuna sinun ei tarvitse päivitellä sijaintiasi koko ajan ja olla kartalla toisen aikatauluista.

30.

Sinkkuna on paremmin aikaa itseensä
tutustumiseen. On hyvin mahdollista,
ettei parisuhteessa tule ajateltua
itseään niinkään yksilönä, joten oma
persoonallisuus voi jäädä
hieman varjoon.

31.

Muillakin tavoilla voi rakastaa. Rakasta vapaammin kaikkia ja kaikkea. Siihen ei mitään suhdetta vaadita.

32.

Sinkkuna säästät aikaa yökyläily - säätämiseltä, eli teidän ei tarvitse pohtia Jussin kanssa kumman luona vietetään seuraava yö ja mitä täytyy pakata mukaan.

33.

Jos luulit, että elämän tarkoitus on rakastua, mennä naimisiin ja hankkia lapsia, luulit väärin. Elämän tarkoitus on elää ja sisällyttää siihen muitakin tavoitteita.

34.

Täysi päätösvalta sisustamiseen.
Varmasti haluat, että asuntosi
näyttää sinulta eikä toisen
suunnittelemalta Ikean kuvastolta.

35.

Ehkä löydät itsestäsi uusia puolia, kun saat uudenlaisia kokemuksia uusien tuttavuuksien kanssa. Tiedät kyllä, mitä tarkoitan.

36.

Tee omia sääntöjä, muuta niitä, ja uhmaa rajojasi ilman sen kummempia selittelyjä.

37.

Enemmän vaihtelua seksiin. On sanomattakin selvää, että yhden kanssa pysyessään on vain yhdenlaista.

38.

Kimpassa asuminen voi tehdä sinusta
köyhän – kiitos yleisen asumistuen
säädösten.

39.

Ei ole mitään tarvetta selitellä kumppanilleen halujaan – tai haluttomuuttaan.

40.

Yksin nukkuminen voi olla paljon helpompaa, sillä Jussi ei ole pitämässä sinua otteessaan eikä näin ollen sinun tarvitse kärsiä persehiestä.

41.

Pieni flirttailu on aina hauskaa ja
sinkkuna voit tietenkin harrastaa tätä
vähän vapaammin. ;)

42.

Sinulla on mahdollisuus kokeilla
minkälaisten ihmisten kanssa sinulle
sopisi minkälainenkin suhde. Tätä voi
kutsua taustatyöksi, jotta voit selvittää
mitä oikeasti haluat.

43.

Makaaminen toisen kainalossa vie aivan jumalattoman paljon aikaa. Oikeasti haluaisit käyttää sen ajan varmaan paljon hyödyllisemmin.

44.

Deittisovellukset.

45.

Uudet kaverit näissä sovelluksissa.

46.

Ja uudet "kaverit" näissä sovelluksissa.

47.

Saat syödä vapaammin kaikkia
kamalimpia suosikkiruokiasi ilman
pelkoa, että joku haistelee
valkosipulihengitystäsi.

48.

Sinun ei myöskään tarvitse olla
vastaanottamassa Jussin aiheetonta
vihan purkamista silloin, kun hänellä
on huono päivä.

49.

Jos sinulla on lapsia, haluat varmaan
mieluummin olla eronnut vanhempi,
kuin näyttää lapsille elämää
mahdollisessa tuhoon tuomitussa
suhteessa. Äärimmäisissä tilanteissa
sinkkuus on parempi valinta
lasten kannalta.

50.

Sinkkuna asunnossasi on ainakin
tuplasti vähemmän siivottavaa. Triplasti
siinä tapauksessa, jos Jenna on ollut
ihmistyyppiä, jonka perässä joutui
aina kulkemaan rikkakihvelin
ja rätin kanssa.

51.

Tiedät, missä tavarasi sijaitsevat.
Mahdollisesti turvassa tietyssä paikassa
ilman vaaraa, että joku on siirrellyt
niitä ympäriinsä.

52.

Saat luvan syödä itse kaikki herkkusi ilman jakamista. Erityisesti jos Jussi oli varsinainen herkkuperse.

53.

Säästä rahaa lahjoissa juhlapyhinä ja synttäreinä, mielitietyn lahjomiseen menee yleensä sievoinen summa mammonaa.

54.

Sinulla täysi vapaus näyttää niin kammottavalta, kuin vaan mahdollista. Käytä kunnialla puhki pierettyjä verkkareita ja skippaa suihku, sillä kukaan ei aina jaksa näyttää priimalta.

55.

Mustasukkaisuus voi olla väistämätön tunne. Sinkkuna et koe näitä inhottavia tunteita, kun näet Jussin juttelemassa viehättävälle naiselle tai et kuule hänestä kokonaiseen iltaan.

56.

Edellinen pointti pätee myös toisinpäin: et aiheuta toisellekaan mustasukkaisuuden tunteita, joista koituu vain turhia huolia.

57.

Sinkkujen lomareissut ovat
unohtumattoman upeita. Kuvittele
irrottelevasi täysillä ja päätyväsi
mitä yllättävimpiin tilanteisiin
kaveriesi kanssa matkustaessa.

58.

Parisuhde lihottaa. Siihen on monta
syytä - yhteinen iltanapostelu,
toisen ruokailutottumuksiin
totuttelu tai hänen herkkujen
himoaminen. Oli syy mikä tahansa,
sinkkuna vältät liikakilot.

59.

Vaikka tunteiden jakaminen on
yleensä positiivinen juttu, voi se silti
kuluttaa voimia. Sinkkuna voit olla
mitä vaan hiljaisen rotan ja
huutavan hirviön välillä
rasittamatta toista.

60.

Mahdollisuus vaihtaa maisemaa ilman pelkoa ikävästä. Jos haluat talveksi Aasiaan tai aloittaa uuden elämän Pariisissa, niin tee se!

61.

Strong & independent -status.

62.

Ei joudu valvomaan toisen kuorsauksen takia. Faktoja sen kummin tutkimatta, miljoonat ihmiset kärsivät univaikeuksista toisen röhkiessä vieressä.

63.

Vähemmän ruokarajoitteita. Kuvittele seurustelu nirson allergikkovegaanin kanssa. Se aiheuttaa varmasti turhia hankaluuksia arkeen ja matkusteluun.

64.

Vapaus katsoa telkkarista tai
Netflixistä mitä tahansa ilman, että
joku tekee päätökset puolestasi.

65.

Päätä oma vuorokausirytmisi. Mene nukkumaan milloin haluat ja herää milloin haluat. Pahimmissa tapauksissa parisuhde voi tehdä hallaa tarpeellisen pitkille yöunille, mikä kostautuu päiväsaikaan.

66.

Et ole ajatustenlukija, vaikka
monesti suhteissa tämä on
perusolettamus. Monet
kommunikaatio-ongelmat tai jopa
riidat syntyvät siitä, ettei toinen
osannut päästä toisen pään sisään
miettiäkseen, mitä hän haluaa.
Tai ei halua.

67.

Keskity valintoihin, joita itse haluat
tehdä sen sijaan, että priorisoit
toisen mielihaluja. Ruoka, elokuva,
matkakohde tai omat ystävät
uuden vuoden aattona.

68.

Ei anoppeja tai appiukkoja -
saatikka muita perheenjäseniä tai
sukulaisia tuplana. Mukavia ihmisiä
varmasti, mutta aikaa heihin menee
yhä enemmän, sillä tietenkin heidät
täytyy pitää teidän yhteiselämässä
mukana.

69.

Niin paljon tai niin vähän seksiä, kuin itse haluat. Ja niin monen eri ihmisen kanssa kuin haluat. Ja niin monenlaista, kuin haluat.

70.

Miehille: ei tarvetta odotella, kun
Jenna laittautuu tuntitolkulla päivää
varten. Naisille: älkää tekään suotta
odottako vuoroanne, kun Jussi
istuu paskalla pari tuntia.
Yhteenveto: sinkut pääsevät
vessaan koska tahansa.

71.

Usein suhteessa ihmiset alkavat avuttomiksi luottaen, että toinen hoitaa tietyt asiat. Yksin opit paremmin kaikki taidot auton rassaamisesta seinien maalaamiseen, ja näin ollen voit kutsua itseäsi *oikeasti* itsenäiseksi.

72.

Ole yksin niin paljon, kuin haluat ja
nauti hiljaisuudesta. Kaikki meistä
tarvitsee omaa aikaa ja tilaa.
Jopa ne ekstrovertimmätkin.
Parisuhteessa oma aika on
hankalammin saavutettavissa
tai sitä ei jopa edes tajua
kaipaavansa.

73.

Parisuhteessa tapahtuu usein näitä
kiusallisia iltamia, jonne päädyt vain
edustamaan toista puolikasta,
jolloin sinua helposti kohdellaankin
vain toisen puolikkaana. Kuinka
monelta tilanteelta vältytkin, joihin
joutuu menemään vain
Jennan iloksi.

74.

Voit harrastaa niitä asioita, joita et tee Jussin edessä, vaikka väitätkin olevasi täysin luonnollinen hänen kanssaan. Kuitenkin osa sinusta haluaa tanssia, laulaa tai toteuttaa itseään mitä oudoimmilla tavoilla yksin ollessasi. Maalaa vaikka perseesi punaiseksi ja leiki punatulkkua.

75.

Sinkkuna voit ottaa joka hetkestä
enemmän irti ja keskittyä
olennaiseen ilman haikailuja toisen
luo. Illanvietoista tai reissuista tulee
varmasti merkityksellisempiä.

76.

Ei erimielisyyksiä lapsikysymyksistä.
Toinen ei halua, vaikka itse haluaisi.
Myöskin vähemmän riskejä saada
niitä vahingossa.

77.

Haaveile villisti! Sinkkuna olo on askel lähempänä saada unelmiesi julkkiskaunotar tai komistus, tietenkin. Brad Pitt, Emma Watson, Batman, Beyoncé tai vaikka Alexander Stubb.

78.

Ei PDA:ta (Public Display of Affection) omasta takaa. Useat ihmiset kiusaantuvat nähdessään pariskuntia lääppimässä toisiaan julkisilla paikoilla. Jussi voi olla hyvinkin siirappinen muiden nähden, vaikket itse haluaisi.

79.

Käytkö vuorotöissä? Noh, onneksi olet sinkku. Parisuhteessa mitä mielenkiintoisimmat työajat tuottavat mutkia matkaan, jos molempien työaikataulut menevät ristiin. Varsinkin, jos Jenna haluaa katsoa leffoja yöllä, kun sinulla olisi pian jo herätys.

80.

Eläimillä on annettavana 100 %
aitoa ja ehdotonta rakkautta.
Kaiken lisäksi ne ovat söpömpiä,
kuin ihmiset. Sinkkuna pystyt
elämään onnellisena lemmikkisi
kanssa. Jopa sen, jota Jussi ei
millään halunnut.

81.

Sinkkuna ei ole pelkoa, että puhut liikaa parisuhdeasioista ja muut puheenaiheet jäävät vähäiseksi. Rehellisesti sanoen, moni hyväkin ystävä kyllästyy kuuntelemaan jatkuvasti teidän täydellisestä arjesta, tai vaikka toistuvista riidoista.

82.

Saat käyttää vapaasti aikaa addiktioihisi, olivat ne sitten Salatut Elämät, videopelit tai hevospoolo.

83.

Helpommat lomasuunnitelmat. On erittäin harmillista, jos rantalomaasi Balilla joutuu typistämään, sillä Jenna ei saanut töistä vapaata samoihin aikoihin.

84.

Ruoanvalmistus kahdelle tuottaa paineita ja vie aikaa, varsinkin, jos joudut kokkaamaan päivittäin. Ole rehellinen itsellesi ja syö mikropitsaa, mikäli et oikeasti tunne oloasi täydelliseksi puoliskoksi juuri tänään.

85.

Ei nalkutusta.

86.

Parempi mahdollisuus tavata ihmisiä, joiden kanssa hifistelysi kohtaa täysin: musiikkimausta kenkiin - ja kahvilaatuihin.

87.

Kun et keskity liikaa yhteen mielitiettyyn, muista ihmisistä ympärilläsi tulee tärkeämpiä ja muodostat merkittävämpiä suhteita.

88.

Joulut oman perheen luona.

89.

Ei etukäteen turhaa suunnittelua
mitä aktiviteetteja teette yhdessä
tulevina viikkoina. Sinkkuna voit
mennä ja tulla miten huvittaa.

90.

Sinulla voi ollakin jo kokemusta
Jussin päätä vihlovista tavoista.
Esimerkiksi äänekäs syöminen,
roskien jättäminen ympäriinsä tai
kiusallinen huumorintaju. Sitä ei
ainakaan tarvitse sinkkuna kestää.

91.

Vähemmän tiskattavaa,
pyykättävää, pyyhittävää ja
silitettävää.

92.

Olet varmasti todella hauska
persoona. Voit varmasti saada
parasta seuraa vain ja
nimenomaan itseltäsi.

93.

Ole rehellinen itseksesi sillä karu
totuus on se, että maailmassa on
paljon valehtelijoita. Hyvin suurella
todennäköisyydellä päädyt jossain
vaiheessa yhteen epärehellisen
ihmisen kanssa, ellei tästä ole
jo kokemusta.

94.

Teet sitten etätöitä tai opiskelutehtäviä kotoasi, se on aina helpompaa silloin, kuin Jenna ei ole vieressä häiritsemässä. Parisuhde yleensäkin haittaa keskittymiskykyä.

95.

Ei tarvitse katsella puolison testosteronisia äijäkavereita tai kovaäänisiä kanaseurueita.

96.

Sen sijaan, että joudut tekemään jatkuvasti vaikutuksen yhteen henkilöön, voit vakuuttaa uusia henkilöitä aina lumoavalla persoonallasi.

97.

Älä turhaan mieti missä toinen on ja mitä hän tulee tekemään milloinkin, jotta voit varata hänelle aikaa kalenteristasi ennakkoon.

98.

Ei tarvetta odotella toista ja tuhlata aikaa tuijottaen kelloa.

99.

Kumppanin kanssa tulee tietty
jaetuksi kaikki ilot ja surut, mutta
myös taudit. Ole kiitollinen, ettei
sinkkuna tarvitse kierrättää
norovirusta, flunssaa tai vaikka
klamydiaa.

100.

Sinkkuna pääset heittämään paljon itseironista huumoria. Esimerkiksi kirjan muodossa.

101.

Parisuhteessa ei kuulu olla mitään väärää. Mutta jos olet sinkku, ole onnellinen sinkkuudestasi ja vaali sitä. Olet upea juuri noin.

Loppusanat.

Kiitokset ja onnittelut, jos pääsit tänne asti. Toivon lämpimästi, että satayksi syytä tarjosi sinulle edes yhden, joka lohdutti, nauratti tai mietitytti. Nykymaailman siviilisäätykuviot ovat varsin kimurantti aihe ja sieltä löytyy tematiikkaa monen sortin kulkijalle. Jos haluat jakaa risun, ruusun tai pajunköyden, niin etsi minut somesta ja kerro ajatuksesi.

Kiitos vielä kerran lahjakkaalle Anna Alholle, joka järjesti aikaa tämän kirjan kuvituksille. Kiitos kaikille kavereille, joilta löytyi ideoita ja taputuksia olkapäälle. Kiitos deiteilleni inspiraation lähteistä.

Kirjailija.

Josefiina Falck on Kainuusta
Helsinkiin muuttanut jokapaikan-
höylä, joka edelleen etsii suuntaa
matkalleen. Hän on elämänsä
aikana lukenut maksimissaan
kolme kirjaa ja kirjoittanut vain
pakon edestä. Pääasiallisesti hänen
päivänsä tällä hetkellä kuluvat
Aalto-Yliopistossa muotoilua
opiskellen, millä ei ole mitään
tekemistä kaunokirjallisuuden
kanssa. Opiskelun ohessa erinäiset
projektit, työpaikat ja tapahtumat
ovat vieneet Falckia kaikkialle, mikä
on muokannut hänestä
keskittymiskyvyttömän sekopään,
joka tykkää sanoa mieluummin
kyllä kuin ei.